KB272554

열두 개의 달 시화집 플러스 三月

포근한 봄 졸음이 떠돌아라

■ 일러두기

시인 고유의 필치(筆致)를 살리기 위해 표기와 맞춤법은 되도록 초판본을 따랐습니다.

포근한 봄 졸음이 떠돌아라

열두 개의 달 시화집 플러스 三月.

윤동주 외 지음 ― 귀스타브 카유보트 그림

GUSTAVE CAILLEBOTTE

저녁달

차례

봄

윤동주

봄이 혈관(血管) 속에 시내처럼 흘러
돌, 돌, 시내 가까운 언덕에
개나리, 진달래, 노오란 배추꽃

삼동(三冬)을 참아온 나는
풀포기처럼 피어난다.

즐거운 종달새야
어느 이랑에서나 즐거웁게 솟쳐라.

푸르른 하늘은
아른아른 높기도 한데……

G. Caillebotte

봄은 고양이로다

이장희

꽃가루와 같이 부드러운 고양이의 털에
고운 봄의 향기(香氣)가 어리우도다

금방울과 같이 호동그란 고양이의 눈에
미친 봄의 불길이 흐르도다

고요히 다물은 고양이의 입술에
포근한 봄 졸음이 떠돌아라

날카롭게 쭉 뻗은 고양이의 수염에
푸른 봄의 생기(生氣)가 뛰놀아라

머물 곳이 없다
순식간에 저물었다

泊まるところがないとがりと暮れた

타네다 산토카

사랑스런 추억(追憶)

윤동주

봄이 오던 아침, 서울 어느 쪼그만 정거장(停車場)에서
희망(希望)과 사랑처럼 기차(汽車)를 기다려,

나는 플랫폼에 간신한 그림자를 떨어뜨리고,
담배를 피웠다.

내 그림자는 담배연기 그림자를 날리고
비둘기 한떼가 부끄러울 것도 없이
나래 속을 속, 속, 햇빛에 비춰, 날았다.
기차(汽車)는 아무 새로운 소식도 없이
나를 멀리 실어다 주어,

봄은 다 가고—동경교외(東京郊外) 어느 조용한
하숙방(下宿房)에서, 옛거리에 남은 나를 희망(希望)과
사랑처럼 그리워한다.

오늘도 기차(汽車)는 몇 번이나 무의미(無意味)하게 지나가고,
오늘도 나는 누구를 기다려 정거장(停車場) 가까운 언덕에서
서성거릴게다.
—아아 젊음은 오래 거기 남아 있거라.

봄 비

변영로

나직하고, 그윽하게 부르는 소리 있어,
나아가보니, 아, 나아가보니—
졸음 잔뜩 실은 듯한 젖빛 구름만이
무척이나 가쁜 듯이, 한없이 게으르게
푸른 하늘 위를 거닌다.
아, 잃은 것 없이 서운한 나의 마음!

나직하고, 그윽하게 부르는 소리 있어,
나아가보니, 아, 나아가보니—
아려—ㅁ풋이 나는, 지난날의 회상(回想)같이
떨리는, 뵈지 않는 꽃의 입김만이
그의 향기로운 자탕 안에 자지러지노나!
아, 찔림없이 아픈 나의 가슴!

나직하고, 그윽하게 부르는 소리 있어,
나아가보니, 아, 나아가보니—
이제는 젖빛 구름도 꽃의 입김도 자취 없고
다만 비둘기 발목만 붉히는 은(銀)실 같은 봄비만이
노래도 없이 근심같이 내리노나!
아, 안 올 사람 기다리는 나의 마음!

사모(思慕)

노자영

우리 님 가신 남쪽에서는
가느다란 바람이 불어옵니다
행여나 먼 나라 그곳에 가서
울고 있는 우리 님 탄식이 아닐까 하여

우리 님 밟던 풀꽃 위에
새 하얀 이슬이 떨어집니다
행여나 그 님이 오는 날까지
그 눈에 눈물을 담는가 하여

우리 님 보던 나무 뜰에는
옥 같은 달빛이 흘러 내립니다
행여나 그 님이 그 달 아래서
오히려 노래를 부르는 소린가 하여……

동틀 무렵
북두칠성 적시는
봄의 밀물

暁や北斗を浸す春の潮

마쓰세 세이세이

바람과 봄

김소월

봄에 부는 바람, 바람 부는 봄,
작은 가지 흔들리는 부는 봄바람,
내 가슴 흔들리는 바람, 부는 봄,
봄이라 바람이라 이 내 몸에는
꽃이라 술잔(盞)이라 하며 우노라.

봄을 흔드는 손이 있어

이해문

마냥 우슴 웃는 처녀 있어
여기 나의 뜰우에 시집 오나니
연방 대지(大地)에 입맞추며 가러 오누나

머리에 쓴 화관(花冠)이 너머 눈부시여
신랑(新郎)인 나는 고만 취(醉)해지고
저기 벌떼 있어 풍악 함께 울리며 온다

짙은 연기를 보며 내 예(禮)의 자리에 서면
아아 봄을 흔드는 손이 있어
나의 가슴은 꿈같이 쓰러질 듯하다

어쩌면 나에게도 고흔 나비가 한 놈
훨훨 날개를 젓고
날러 올 듯도한 봄이기는 한데

물

변영로

지구는 가만이 돈다
호수나 강을 엎지르지 않으려고
물은 그 팔 안에 안겨 있고
하늘은 그 물 안에 잡혀 있다
은(銀)을 붓(注[주])고
그 하늘을 붙잡는
그 물은 무엇일까

새로운 길

윤동주

내를 건너서 숲으로
고개를 넘어서 마을로

어제도 가고 오늘도 갈
나의 길 새로운 길

민들레가 피고 까치가 날고
아가씨가 지나고 바람이 일고

나의 길은 언제나 새로운 길
오늘도… 내일도…

내를 건너서 숲으로
고개를 넘어서 마을로

밤은 길고
나는 누워서
천 년 후를 생각하네

長き夜や 千年の後を 考へる

마사오카 시키

병아리

윤동주

'뾱, 뾱, 뾱,
엄마 젖 좀 주'
병아리 소리.

'꺽, 꺽, 꺽,
오냐 좀 기다려'
엄마닭 소리.

좀 있다가
병아리들은.
엄마 품속으로
다 들어 갔지요.

G. Caillebotte

산울림

윤동주

까치가 울어서
산울림,
아무도 못들은
산울림.

까치가 들었다,
산울림,
저혼자 들었다,
산울림.

어머니의 웃음

이상화

날이 맛도록
온 데로 헤매노라―
나른한 몸으로도
시들푼 맘으로도
어둔 부엌에,
밥짓는 어머니의
나보고 웃는 빙그레웃음!
내 어려 젖 먹을 때
무릎 위에다,
나를 고이 안고서
늙음조차 모르던
그 웃음을 아직도
보는가 하니
외로움의 조금이
사라지고, 거기서
가는 기쁨이 비로소 온다.

G. Caillebotte

봄 밤

노자영

껴안고 싶도록
부드러운 봄 밤!

혼자보기는 너무도 아까운
눈물나오는 애타는 봄 밤!

창 밑에 고요히 대글거리는
옥빛 달 줄기 잠을 자는데
은은한 웃음에 눈을 감는
살구꽃 그림자 춤을 춘다.
야앵(夜鶯)우는 고운 소리가
밤놀을 타고 날아오리니
행여나 우리 님
그 노래를 타고
이 밤에 한번 아니 오려나!

껴안고 싶도록
부드러운 봄 밤!

우리 님 가슴에 고인 눈물을
네가 가지고 이곳에 왔는가……

아! 혼자 보기는 너무도 아까운
눈물 나오는 애타는 봄 밤!
살구꽃 그림자 우리집 후원에
고요히 나붓기는데
님이여! 이 밤에 한번 오시어
저 꽃을 따서 노래하소서.

봄철의 바다

이장희

저기 고요히 멈춘
기선의 굴뚝에서
가늘은 연기가 흐른다.

엷은 구름과
낮겨운 햇빛은
자장가처럼 정다웁고나.

실바람 물살 지우는 바다 위로
나지막하게 VO———우는
기적의 소리가 들린다.

바다를 향해 기울어진 풀두던에서
어느덧 나는
휘파람 불기에도 피로하였다.

고방

백석

낡은 질동이에는 갈 줄 모르는 늙은 집난이같이 송구
떡이 오래도록 남어 있었다

오지항아리에는 삼촌이 밥보다 좋아하는 찹쌀탁주가
있어서 삼촌의 임내를 내어가며 나와 사춘은 시큼털털
한 술을 잘도 채어 먹었다

제삿날이면 귀머거리 할아버지 가에서 왕밤을 밝고 싸
리꼬치에 두부산적을 께었다

손자 아이들이 파리떼같이 모이면 곰의 발 같은 손을
언제나 내어둘렀다

구석의 나무말쿠지에 할아버지가 삼는 소신 같은 짚신
이 둑둑이 걸리어도 있었다

넷말이 사는 컴컴한 고방의 쌀독 뒤에서 나는 저녁 끼
때에 부르는 소리를 듣고도 못 들은 척하였다

포플라

윤곤강

별까지 꿈을 뻗친
야윈 손길
치솟고 싶은 마음
올라가도 올라가도
찾는 하눌 손에
잡히지 않아 슬퍼라

종달새

윤동주

종달새는 이른 봄날
질디진 거리의 뒷골목이
싫더라.
명랑한 봄하늘
가벼운 두 나래를 펴서
요염한 봄노래가
좋더라.
그러나,
오늘도 구멍 뚫린 구두를 끌고
훌렁훌렁 뒷거리길로
고기새끼 같은 나는 헤매나니,
나래와 노래가 없음인가,
가슴이 답답하구나.

고백

윤곤강

꽃가루처럼
보드라운 숨결이로다

그 숨결에
시들은 내 가슴의 꽃동산에도
화려한 봄 향내가
아지랑이처럼 어리우도다

금방울처럼
호동그란 눈알이로다

그 눈알에
굶주린 내 청춘의 황금 촛불이
유황(硫黃)처럼 활활 타오르도다

얼싸안고
몸부림이라도 쳐볼까
하늘보다도 높고
바다보다도 더 넓은 기쁨

오오!
하늘로 솟을까 보다
땅 속으로 숨을까 보다
주정꾼처럼, 미친놈처럼…

부슬비

허민

부슬부슬 부슬비 꽃 보려 오오
잔디밭 핀 풀잎에 잠자러 오오
버들가지 나 보고 웃고 있으니
소리 좋은 노래를 들으라 하오

부슬부슬 부슬비 나려 오시니
꼬슬머리 여(女)애가 맞이합니다
단잠 깨는 어린애 하품하는데
부슬부슬 부슬비 어여쁜 걸음

할미꽃 진달래꽃 기도 드리고
나비들 추는 춤도 조용도 하며
황토산의 뻐꾹새 철을 알리니
부슬부슬 부슬비 나려 옵니다

연애

박용철

어젯날이 채 가지도 않아
또 새로운 날이 부챗살을 피는 나라 오―로―라

언덕에는 꽃이 가득히 피고
새들은 수없이 가지에서 노래한다

호면(湖面)

정지용

손 바닥을 울리는 소리
곱드랗게 건너 간다.

그뒤로 힌게우가 미끄러진다.

넣빤지에서 넣빤지로

에밀리 디킨슨

넣빤지에서 넣빤지로 난 걸었네.
천천히 조심스럽게
바로 머리맡에는 별
발밑엔 바다가 있는 것같이.

난 몰랐네—다음 걸음이
내 마지막 걸음이 되는지—
어떤 이는 경험이라고 말하지만
도무지 불안한 내 걸음걸이.

I stepped from plank to plank

Emily Dickinson

I stepped from plank to plank
So slow and cautiously;
The stars about my head I felt,
About my feet the sea.

I knew not but the next
Would be my final inch,—
This gave me that precarious gait
Some call experience.

봄으로 가자

허민

한 잎 두 잎 꽃잎이 열리는 맘
인생아 꿈 깨어서 봄으로 가자
저 언덕 오신 뜻은 웃음을 주려
겨울의 눈물길을 밟고 옴이라

희망의 나래 접고 앉았지 말고
너 나도 할 것 없이 봄으로 가자
지나간 한숨 넋을 뒤풀이 말고
기쁨의 봄 청춘을 아듬어 보자

봄이라는 청춘에 노래를 싣고
인생의 언덕에서 맞이를 하자
하품 나는 길에서 괴롭지 말고
가슴의 인생 꽃을 활짝 피우자

손으로 꺾는 이에게
향기를 주는
매화꽃

手折らるる人に薫るや梅の花

가가노 지요니

이적(異蹟)

윤동주

발에 터부한 것을 다 빼어 버리고
황혼이 호수 위로 걸어오듯이
나도 사뿐사뿐 걸어보리이까?

내사 이 호수가로
부르는 이 없이
불리워 온 것은
참말 이적(異蹟)이외다.

오늘따라
연정(戀情), 자홀(自惚), 시기(猜忌), 이것들이
자꾸 금메달처럼 만져지는구려

하나, 내 모든 것을 여념(餘念) 없이
물결에 씻어 보내려니
당신은 호면(湖面)으로 나를 불러내소서.

유언(遺言)

윤동주

후어-ㄴ한 방(房)에
유언(遺言)은 소리 없는 입놀림.

　바다에 진주(眞珠)캐려 갔다는 아들
　해녀(海女)와 사랑을 속삭인다는 맏아들
　이 밤에사 돌아오나 내다 봐라—

평생(平生) 외롭든 아버지의 운명(殞命)
감기우는 눈에 슬픔이 어린다.

외딴집에 개가 짖고
휘양찬 달이 문살에 흐르는 밤.

G Caillebotte 1881

어머니

윤동주

어머니!
젖을 빨려 이 마음을 달래어 주시오.
이 밤이 자꾸 설워지나이다.

이 아이는 턱에 수염자리 잡히도록
무엇을 먹고 자랐나이까?
오늘도 흰 주먹이
입에 그대로 물려 있나이다.

어머니
부서진 납인형도 슬혀진 지
벌써 오랩니다.

철비가 후누주군이 나리는 이 밤을
주먹이나 빨면서 새우리까?
어머니! 그 어진 손으로
이 울음을 달래어 주시오.

G. Caillebotte

구름

박인환

어린 생각이 부서진 하늘에
어머니 구름 적은 구름들이
사나운 바람을 벗어난다.

밤비는
구름의 층계를 뛰어내려
우리에게 봄을 알려주고
모든 것이 생명을 찾았을 때
달빛은 구름 사이로
지상의 행복을 빌어주었다.

새벽 문을 여니
안개보다 따스한 호흡으로
나를 안아주던 구름이여

시간은 흘러가
네 모습은 또다시 하늘에
어느 곳에서도 바라볼 수 있는

우리의 전형
서로 손잡고 모이면
크게 한몸이 되어
산다는 괴로움으로 흘러가는 구름
그러나 자유 속에서
아름다운 서양 옆에서
헤매는 것이
얼마나 좋으니

Portrait of a Man 1880

Villas at Trouville 1884

Thatched Cottage in Trouville 1882

Houses in Argenteuil 1883

The Nap 1887

The Pont de Europe Study 1876

Halévy Street, View from the Sixth Floor 1878

Man on a Balcony 1880

Paris Street, a Raniy Day 1877

Massiv of flowers, Garden of Petit-Gennevilliers
1884

Chrysanthemums in the Garden at
Petit–Gennevilliers 1893

Woman at a Dressing Table 1873

The Seine at Argenteuil 1892

At the Window 1880

The Floor Scrapers 1875

Argenteuil Promenade1883

Rising Road 1881

The Seine and the Railroad Bridge at
Argenteuil 1885~1887

Woods at La Grange 1879

Young Man Playing the Piano 1876

Lilacs and Peonies in Two Vases 1883

Portrait of Henri Cordier 1883

Loaded Haycart 1878

Yerres Valley 1877

Mademoiselle Boissière Knitting 1877

Yellow and Red Roses in a Crystal Vase 1887

Man at the Window 1875

The Orange Trees(The Artist's Brother in His Garden) 1878

Petit-Gennevilliers: The South-East Front of
the Artist's Studio in the Garden in Spring

Boat Moored on the Seine at Argenteuil 1884

Fruit Displayed on a Stand 1881

Field by the Sea 1882

Flower Bed, Petit-Gennevilliers Garden
1881~1882

Woman Seated on the Lawn 1874

Bouquet of Roses in a Christal Vase 1883

The Yerres Rain 1875

Portrait of a Schoolboy 1879

View of the Seine in the Direction of the Pont de Bezons 1892

The Boulevard Viewed from Above 1880

Man on a Balcony Boulevard Haussmann 1880

Le Pont de L'Europe 1881-1882

Portraits in the Countryside 1876

Yellow Roses in a Vase 1882

Flowerbed of Daisies 1893

Richard Gallo and his Dog at Petit Gennevilliers
1884

Portrait of a Man 1881

Yerres, Camille Daurelle under an Oak Tree 1871

The Plain of Gennevilliers, Yellow Fields 1884

Yerres. From the Exedra, the Porch of
the Family Home 1875

3월의 화가와 시인 이야기

사실적인 시선의 인상주의 화가
귀스타브 카유보트 이야기

귀스타브 카유보트

귀스타브 카유보트는 1848년 8월 19일 프랑스 파리에서 태어났다. 그의 아버지는 군수업으로 큰 성공을 거둔 사업가였고, 가족은 경제적 안정과 사회적 지위를 모두 갖춘 환경에서 생활했다. 이러한 배경 덕분에 카유보트는 생계에 대한 압박 없이 학업과 예술에 몰두할 수 있었지만, 동시에 부르주아 사회 특유의 규범과 거리감 속에서 성장했다.

카유보트는 법학을 공부해 변호사 자격을 취득했으나, 보불전쟁에 참전한 경험 이후 삶과 도시, 인간을 바라보는 시선에 균열이 생겼고, 결국 미술로 방향을 틀게 된다.

1874년부터 잇따라 부모와 형제를 잃으며 비교적 이른 나이에 막대한 유산을 상속받은 카유보트는 개인적 상실을 겪는 동시에 경제적 자유를 완전히 손에 넣게 되었다. 그는 이 자산을 자신의 창작뿐 아니라 동시대 화가들을 후원하는 데 적극적으로 사용했으며, 모네, 르누아르, 드가 등 인상주의 화가들의 작품을 수집하고 전시를 지원했다. 그러나 카유보트의 작품 세계는 빛의 인상에 집중한 다른 인상주의 화가들과 달리, 도시적 공간과 구조적 구도를 중시하는 방향으로 전개되었다.

Yerres, Colonnade of the Casin 1870

Interior of a Studio 1872~1874

도시를 바라보는 차분한 시선
귀스타브 카유보트의 초기 작품

귀스타브 카유보트의 초기 활동 시기는 1872년부터 1876년 전후까지로, 보불전쟁 이후 본격적으로 회화를 시작해 인상주의 그룹과 접점을 넓혀가던 시기를 중심으로 정의된다. 이 시기 카유보트는 레옹 보나의 화실에서 수학하며 사실적 묘사와 엄격한 데생을 바탕으로 한 회화 훈련을 받았고, 동시에 당대 파리의 급격히 변화하는 도시 풍경에 깊은 관심을 기울였다. 그는 이상화된 역사화나 목가적 풍경보다 근대 도시 속 일상과 노동, 그리고 그 안에 놓인 인간의 위치를 냉정하게 포착하는 데 주력했다.

초기 작품에서 카유보트는 사실주의적 정확성과 대담한 구도를 결합하며 독자적인 방향을 모색했다. 〈마루를 깎는 사람들〉에서 보이듯 노동자의 신체를 영웅적으로 미화하지도, 감상적으로 연출하지도 않은 채 구조적으로 배열하며, 화면을 가로지르는 원근과 바닥의 패턴은 공간의 깊이와 긴장감을 강조한다. 인물들은 서로 같은 공간에 있으면서도 정서적 교류 없이 각자의 노동에 몰두하는데, 이는 근대 도시가 만들어낸 단절된 인간상을 암시한다.

카유보트는 파리를 하나의 살아 있는 구조물처럼 다루며, 인간을 그 안에 놓인 존재로 배치한다. 이 시기의 작품들은 사실주의에서 인상주의로 이동하는 과도기적 성격을 지니면서도 구조적 시선을 일관되게 유지하며 이후 카유보트 예술 세계를 관통하는 '차분한 관찰자의 시선'이 형성되는 출발점으로 평가된다.

　　　　　　　　　3월의 화가와 시인 이야기

The Parquet Planers 1876

Luncheon 1876

Garden at Yerres 1876

감각의 기록에서 구조적 인식으로
귀스타브 카유보트의 중기 작품

귀스타브 카유보트의 중기 작품 시기는 1877년부터 1885년 전후까지로, 인상주의 화가이자 후원자로서의 위치가 동시에 확고해진 시기다. 이 시기 그는 도시를 '관찰'하던 초기 단계를 넘어, 근대적 공간 속에서 인간이 점유하는 방식과 시선의 흐름을 보다 의식적으로 설계하기 시작했다.

중기 작품에서 카유보트는 공간 구성에 대한 실험을 본격화한다. 넓게 트인 거리와 강, 아파트의 발코니와 실내 공간은 명확한 수직·수평 구도로 조직되며, 인물은 그 구조 안에 배치된 하나의 요소처럼 등장한다. 작품 속 인물들은 개별적으로 존재하며, 서로 교차하지 않는 동선을 따라 움직인다. 이는 우연의 순간을 포착하기보다는, 근대 도시가 만들어낸 질서와 거리감을 드러내려는 의도적인 선택이다.

색채와 표현은 인상주의를 받아들이되 감정적 흔들림을 최소화하고, 화면 전체는 차분하고 안정적인 균형을 유지한다. 노동자나 보행자는 공간을 드러내기 위한 매개로 기능하며, 관람자는 장면 속에 있으면서도 끝내 개입하지 못하는 위치에 놓인다.

이 시기의 작품은 카유보트가 인상주의의 언어를 빌려 근대적 '시선의 질서'를 구축한 단계로, 그의 회화가 감각의 기록에서 구조적 인식으로 전환되었음을 보여준다.

The Gardeners 1875~1877

The Wall of the Kitchen Garden, Yerres 1877

The Canoes 1878

A Balcony, Boulevard Haussmann 1880

Kitchen Garden, Petit Gennevilliers 1882

도시 속에 놓인 존재들
카유보트가 바라본 도시와 인간

귀스타브 카유보트는 빛의 흔들림이나 감정의 분출보다, 인간과 건축, 거리와 움직임이 맺는 관계를 치밀하게 구성하며 도시를 하나의 구조적 장면으로 제시했다. 카유보트의 작품에서 파리는 감상의 대상이 아니라, 인간의 위치와 동선을 규정하는 환경으로 작동한다. 또한 작품 속 인물들은 서로 가까이 있으면서도 각자의 방향으로 움직이거나 정지해 있다. 표정과 몸짓은 최소화되어 있고, 개인의 서사는 거의 드러나지 않는다. 이는 인간을 개별적 주인공이 아니라, 도시 공간 속에 배치된 존재로 인식했음을 보여준다.

또 다른 특징은 대담한 구도와 비정상적인 시점이다. 위에서 내려다보거나 화면 가장자리를 가로지르는 인물과 건축물은 관람자의 시선을 의도적으로 어긋나게 만든다. 이는 장면 속으로 들어간 듯한 몰입감을 주는 동시에, 끝내 개입할 수 없는 관찰자의 위치를 자각하게 한다. 이러한 구도는 사진과 도시 설계에서 영향을 받은 것으로, 카유보트를 인상주의 내부에서도 독특한 위치에 놓이게 한다.

색채와 붓질 역시 이러한 태도를 따른다. 밝은 색과 부드러운 터치는 사용되지만, 화면을 분해하지 않고 형태와 공간의 명확성을 유지하는 데 집중한다. 빛은 거리의 깊이와 공간의 리듬을 드러내는 역할을 한다.

Landscape with Railway Tracks 1872

Rooftops in the Snow, Paris 1878

Boaters Rowing on the Yerres 1877

Boulevard des Italiens 1880

구조를 내려놓고 균형을 선택하다
귀스타브 카유보트의 후기 작품

귀스타브 카유보트의 후기 작품 시기는 1886년 이후부터 1894년 사망 전까지로, 공적 전시와 도시 회화의 중심에서 물러나 보다 사적이고 일상적인 주제로 이동한 시기다. 이 무렵 카유보트는 인상주의 전시 활동에서 점차 거리를 두고, 수집가이자 후원자로서 동시대 화가들을 지원하는 역할에 더 많은 에너지를 쏟았다. 그림은 여전히 그의 삶의 일부였지만 이전처럼 도시의 구조와 시선을 실험하는 장이라기보다 개인적 경험과 휴식의 공간을 기록하는 수단으로 변화했다.

후기 작품에서 카유보트의 관심은 파리의 대로와 군중에서 벗어나 센강과 교외의 정원, 요트 그리고 가까운 사람들로 향한다. 〈아르장퇴유의 보트 경기〉나 강변 풍경에서 보이듯 화면은 한층 개방되고 수평적으로 확장되며, 인물과 자연은 긴장 관계보다는 조화로운 균형 속에 놓인다. 구도는 여전히 치밀하지만, 중기에서 느껴지던 도시적 거리감은 완화되고, 시선은 관찰자의 위치를 과도하게 드러내지 않은 채 장면 속에 자연스럽게 스며든다. 색채는 이전보다 밝고 투명해지며, 물과 하늘, 잔디의 반복적 리듬은 고요한 시간을 형성한다. 여가와 일상의 지속성이 전면에 등장하고, 그림에서 안정감이 느껴진다.

이 시기의 작품들은 카유보트가 근대 도시의 분석자로서가 아니라, 삶의 리듬을 체감하는 화가로 이동했음을 보여준다. 그의 후기 작품은 인상주의의 소란을 벗어난 자리에서, 조용히 이어지는 시간과 삶의 균형을 기록한 성찰의 단계로 평가된다.

Boats on the Seine at Argenteuil 1890

Sunflowers on the Banks of the Seine 1886

The Garden at Petit Gennevilliers 1893

Laundry Drying 1892

예술가이자 후원자로 살아간 말년

귀스타브 카유보트의 말년은 예술가로서의 전면에 서기보다 삶의 리듬과 공동체를 지키는 역할로 이동한 시기였다. 1880년대 후반 이후 그는 인상주의 전시에 더 이상 적극적으로 참여하지 않았고, 파리의 중심을 떠나 쁘띠 주느빌리에(Petit-Gennevilliers)에 정착해 보다 사적인 생활을 꾸렸다. 이곳에서 그는 정원 가꾸기와 요트 항해에 깊이 몰두하며, 일상의 반복과 계절의 흐름 속에서 시간을 보냈다.

작품 활동은 줄었지만 완전히 멈추지는 않았다. 말년의 작품들은 센강과 보트, 정원 풍경처럼 고요하고 지속적인 대상에 집중하며, 도시 회화에서 보이던 긴장감 대신 안정과 균형을 강조한다. 화면은 수평적으로 열리고, 인물과 자연은 경쟁하지 않으며 조화롭게 공존한다. 이는 카유보트가 더 이상 근대 도시를 분석하기보다 삶을 체감하는 장소로서의 세계에 관심을 옮겼음을 보여준다.

한편 그는 수집가이자 후원자로서 결정적인 역할을 수행했다. 모네, 르누아르, 드가, 피사로 등 동료 화가들의 작품을 꾸준히 구입하고 경제적으로 지원했으며, 사후에는 자신의 컬렉션을 프랑스 국가에 기증하겠다는 유언을 남겼다. 이 기증은 인상주의 작품들이 공식 미술관에 편입되는 중요한 계기가 되었고, 인상주의가 제도권 미술로 인정받는 전환점이 되었다.

1894년, 카유보트는 비교적 이른 나이인 마흔다섯에 뇌졸중으로 세상을 떠났다.

　　　　　　　　　3월의 화가와 시인 이야기

Orchard and avenue of trees 1890~1894

The Yellow Boatl 1891

The Argenteuil Bridge 1893

Chrysanthemums in a Vase 1893

Nasturtiums 1892

3월의 시인들

김소월
노자영
박용철
박인환
백석
변영로
윤곤강
윤동주
이상화
이장희
이해문
정지용
허민
에밀리 디킨슨
가가노 지요니
마사오카 시키
마쓰세 세이세이
타네다 산토카

김소월

金素月. 1902~1934. 일제강점기에 활
동한 시인이다. 본명은 김정식(金廷湜)
이지만, 호인 소월(素月)로 더 널리 알려
져 있다. 본관은 공주(公州)이며, 평안북
도 구성군에서 태어나 아버지의 고향인
평안북도 정주군에서 자랐다. 1915년
평안북도 청주군의 오산학교(五山學校)
중학부에 진학했으며 그곳에서 시적 스

승 김억과 사상적 스승 조만식을 만나게 된다. 1916년, 14세의 어린 나
이에 할아버지의 주선으로 홍단실과 결혼했지만, 그 시기에 오산학교
에서 만난 오순과 교제하게 된다. 오순과 김소월의 인연은 오순이 결혼
하면서 끊어지게 되었고, 오순은 남편의 학대로 인해 22세에 사망했다
고 한다. 일련의 일들을 겪으며 김소월은 이루어지지 못한 사랑에 대한
많은 시를 남겼고, 김소월의 대표적인 서정시로 자리잡았다.

1923년 일본의 도쿄상과대학(오늘날 히토쓰바시대학)으로 유학을 갔지
만, 관동 대지진과 한국인 학살 사건 등으로 인해 대학을 중퇴하고 돌
아오게 된다. 경성에 머무는 동안 김소월은 소설가 나도향과 친분을 쌓
았으며, 고향으로 돌아오기 직전 1925년에는 스승 김억의 도움으로 시
집『진달래꽃』을 자비 출판했다. 이 시집은 김소월의 유일한 시집이 되
었다.

고향으로 돌아온 김소월은 돈을 벌기 위해 할아버지의 광산 경영을 돕

기도 하고, 광산이 망하자 《동아일보》 지국을 여는 등 애썼으나 일제의 방해 등으로 인해 문을 닫았다. 이후 빈곤에 시달리던 김소월은 술에 의지했으며, 1934년 12월 24일 평안북도 곽산 자택에서 33세 나이에 음독자살했다. 그는 서구 문학이 범람하던 시대에 민족 고유의 정서를 노래한 시인이라고 평가받고 서정적인 시로 오늘날까지도 많은 사랑을 받고 있다.

김소월은 서구 문학이 범람하던 시대 속에서 민족 고유의 정서를 노래한 시인으로 평가받으며, 서정적인 시를 통해 오늘날까지도 많은 사랑을 받고 있다. 1920년 시 「낭인의 봄」으로 작품 활동을 시작한 김소월은 「진달래꽃」 「금잔디」 「엄마야 누나야」 「산유화」 등을 비롯해 많은 명시를 남겼다. 한 평론가는 그를 "그 왕성한 창작적 의욕과 전통적 가치를 고려할 때, 1920년대의 천재적인 시인"이라고 평가하기도 했다.

노자영

盧子泳. 1898~1940. 시인이자 작가다. 호
는 춘성(春城)이며, 출생지는 황해도 장연
또는 송화군으로 전해지고 있지만 정확한
것은 알 수가 없다.

평양 숭실중학교에 입학하여 신문학을 접
하면서 톨스토이, 하이네, 보들레르 등을
탐독했다. 졸업 후에는 고향의 양재학교에

서 교편생활을 한 적이 있으며, 문학에 대한 열정도 계속되어 낮에는
학생들을 가르치고 밤에는 글을 썼다.

1919년 상경하여 한성도서주식회사에 입사하여 잡지《학생계》와《서
울》의 기자로 활동했다. 이 시기에 같은 잡지에 시를 발표하기 시작했
다. 1935년에는 조선일보 출판부에 입사하여《조광(朝光)》을 맡아 편
집하였다. 1938년에는 기자 생활을 청산하고 청조사(靑鳥社)를 직접 경
영한 바 있다.

노자영의 시는 낭만적 감상주의로 일관되고 있으나 때로는 신선한 감
각을 보여주기도 한다. 산문에서도 소녀 취향의 문장으로 명성을 떨쳤
다. 『처녀의 화환』(1924) 『내 혼이 불탈 때』(1928) 『백공작』(1938) 등의 시
집과 『청춘의 광야』(1924) 『표박(漂泊)의 비탄』(1925) 『사랑의 불꽃: 연애
서간』(1931) 『나의 화환-문예미문서간집』(1939) 등의 문집, 그리고 『반
항』(1923) 『무한애의 금상』(1925) 등의 소설집을 출간했다.

박용철

朴龍喆. 1904~1938. 시인이자 문학평론가, 번역가 등으로 활동했다. 전라남도 광산군(현 광주광역시 광산구)에서 출생하였다. 배재고등보통학교를 거쳐 일본 도쿄 아오야마 학원(靑山學園)과 연희전문에서 수학했다.

일본 유학 중 시인 김영랑과 교류하며 1930년《시문학》을 함께 창간해 등단했다. 1931년《월간문학》, 1934년《문학》등을 창간해 순수문학 계열로 활동했다. "나 두 야 간다/나의 이 젊은 나이를/눈물로야 보낼거냐/나 두 야 가련다"로 시작되는 대표작「떠나가는 배」등의 시는 그의 초기작이고, 이후로는 주로 극예술연구회의 회원으로 활동하며 해외 시와 희곡을 번역하고 평론을 발표하는 방향으로 관심을 돌렸다.

1938년 결핵으로 사망해 자신의 작품집은 생전에 내보지 못했다. 사망 1년 후『박용철 전집』이 시문학사에서 간행됐다. 전집의 전체 내용 중 번역이 차지하는 부분이 절반이 넘어, 박용철의 번역 문학에 대한 관심을 알 수 있다. 괴테, 하이네, 릴케 등 독일 시인의 시가 많았다. 번역 희곡으로는 셰익스피어의『베니스의 상인』, 헨리크 입센의『인형의 집』등이 있다. 극예술연구회 회원으로 활동하며 번역한 작품들이다.

박용철은 1930년대 문단에서 임화와 조선프롤레타리아예술가동맹으로 대표되는 경향파 리얼리즘 문학, 김기림으로 대표되는 모더니즘 문학과 대립해 순수문학이라는 흐름을 이끌었다. 김영랑, 정지용, 신석정, 이하윤 등이 같은 시문학파들이다.

박용철의 시는 김영랑이나 정지용과 비교해 시어가 맑거나 밝지는 않은 대신, 서정시의 바탕에 사상성이나 민족의식이 깔려 그들의 시에서는 없는 특색이라는 평가가 있다. 그는 릴케와 키에르케고르의 영향을 받아 회의·모색·상징 등이 주조를 이룬다.

광주에 생가가 보존돼 있고 광주공원에는 「떠나가는 배」가 새겨진 시비도 건립되어 있다. 광주광역시 광산구에서는 매년 용아예술제를 열고 있다.

박인환

朴寅煥. 1926~1956. 일제강점기의 시인이다. 강원도 인제군 인제면 상동리에서 출생했다. 평양 의학 전문학교를 다니다가 8·15 광복을 맞으면서 학업을 중단, 종로 2가 낙원동 입구에 서점 마리서사를 개업했다. 한국전쟁이 일어나자, 9·28 수복 때까지 지하생활을 하다가 가족과 함께 대구로 피난, 부산에서 종군기자로 활동했다.

조선청년문학가협회 시부가 주최한 '예술의 밤'에 참여하여 시 「단층(斷層)」을 낭독하고, 이를 예술의 밤 낭독시집인 『순수시선』(1946)에 발표함으로써 등단했다. 「거리」「남풍」「지하실」 등을 발표하는 한편 「아메리카 영화시론」을 비롯한 많은 영화평을 썼고, 1949년엔 김경린, 김수영 등과 함께 5인 합동시집 『새로운 도시와 시민들의 합창』을 발간하여 본격적인 모더니즘의 기수로 주목받기 시작했다. 1955년 『박인환 시선집』을 간행하였고, 그 다음 해인 1956년에 31세의 나이에 심장마비로 자택에서 별세하였다.

혼란한 정국과 전쟁 중에도, 총 173편의 작품을 남기고 타계한 박인환은 암울한 시대의 절망과 실존적 허무를 대변했으며, 그가 사망한 지 20년 후인 1976년에 시집 『목마와 숙녀』가 간행되었다.

3월의 화가와 시인 이야기

백석

白石. 1912~1996. 일제 강점기와 조선민주주의인민공화국의 시인이자 소설가, 번역문학가이다. 본명은 백기행(白夔行)이며 본관은 수원(水原)이다. '白石(백석)'과 '白奭(백석)'이라는 아호(雅號)가 있었으나, 작품에서는 거의 '白石'을 쓰고 있다. 평안북도 정주(定州) 출신. 오산고등보통학교를 마친 후, 일본에서 1934년 아오야마학원 전문부 영어사범과를 졸업하였다.

부친 백용삼과 모친 이봉우 사이의 3남 1녀 중 장남으로 출생했다. 부친은 우리나라 사진계의 초기인물로 《조선일보》의 사진반장을 지냈다. 모친 이봉우는 단양군수를 역임한 이양실의 딸로 소문에 의하면 기생 내지는 무당의 딸로 알려져 백석의 혼사에 결정적인 지장을 줄 정도로 당시로서는 심한 천대를 받던 천출의 소생으로 알려져 있다. 1930년 《조선일보》 신년현상문예에 1등으로 당선된 단편소설 「그 모(母)와 아들」로 등단했고, 몇 편의 산문과 번역소설을 내며 작가와 번역가로서 활동했다. 실제로는 시작(時作) 활동에 주력했으며, 1936년 1월 20일에는 그간 《조선일보》와 《조광》에 발표한 7편의 시에, 새로 26편의 시를 더해 시집 『사슴』을 자비로 100권 출간했다. 이 무렵 기생 김진향을 만나 사랑에 빠졌고 이때 그녀에게 '자야(子夜)'라는 아호를 지어주었다. 이후 1948년 《학풍(學風)》 창간호(10월호)에 「남신의주 유동 박

시봉방」을 내놓기까지 60여 편의 시를 여러 잡지와 신문, 시선집 등에 발표했으나, 분단 이후 북한에서의 활동은 정확히 알려진 것이 없다. 백석은 자신이 태어난 마을과 마을 사람들 그리고 주변 자연을 대상으로 시를 썼다. 작품에는 평안도 방언을 비롯하여 여러 지방의 사투리와 고어를 사용했으며 소박한 생활 모습과 철학적 단면이 시에 잘 드러나 있다. 그의 시는 한민족의 공동체적 친근감에 기반을 두었고 작품의 도처에는 고향의 부재에 대한 상실감이 담겨 있다.

변영로

卞榮魯. 1898~1961. 대한민국의 시인이며 동아일보 기자, 성균관대학교 영문과 교수 등을 역임한 영문학자다. 본관은 밀양(密陽)이다. 본명은 변영복(卞榮福)이었으나, 나중에는 영로(榮魯)라는 이름을 주로 썼고, 61세가 되던 1958년이 되어서야 변영로로 정식 개명하였다. 호는 수주(樹州)다.

계동보통학교를 졸업하고, 1910년 사립 중앙학교에 입학하였으나 1912년 중퇴하였다. 1915년 조선중앙기독교청년회학교 영어반에 입학하여 3년 과정을 6개월 만에 마쳤다.

1918년《청춘(靑春)》에 영시「코스모스(Cosmos)」를 발표하면서부터 시인으로 활동하였다. 1919년에는 독립선언서를 영문으로 번역하였다. 1920년에《폐허(廢墟)》, 1921년에는《장미촌(薔薇村)》동인으로 참가하였으며,《신민공론(新民公論)》주필을 지냈다. 신문학 초창기에 등장한 신시(新詩)의 선구자로서, 압축된 시구 속에 서정과 상징을 담은 기교를 보였다. 대표작으로는 1922년《신생활》에 발표한「논개」등이 있다.

이화여자전문학교 강사, 동아일보 기자, 잡지《신가정》주간, 성균관대학교 영문과 교수, 해군사관학교 영어교관 등을 역임하였다. 1961년 3월 14일 인후암으로 사망하였다.

윤곤강

尹崑崗, 1911~1949. 일제강점기의 시인이자 문학평론가다. 1911년 충청남도 서산에서 태어났으며, 본명은 윤붕원(尹朋遠), 아명은 윤명원(尹明遠)이다. 1930년 보성고등보통학교를 졸업한 뒤 같은 해 혜화전문학교(지금의 동국대학교)에 입학했다가 중퇴했다. 이후 1933년 일본으로 갔으며, 1935년 센슈대학교 법철학과를 졸업했다.

1936년 《시학(詩學)》 동인의 한 사람으로 문단에 등장했다. 초기에는 카프(KAPF)파의 한 사람으로 시를 썼으나 곧 암흑과 불안, 절망을 노래하는 퇴폐적 시풍을 띠게 되었고 풍자적인 시를 썼다. 윤곤강의 시는 초기에 하기하라 사쿠타로와 보들레르의 영향을 받았고, 해방 후에는 전통적 정서에 대한 애착과 탐구로 기울어지기 시작했다.

윤곤강의 작품세계는 크게 해방 전과 후로 나뉜다. 초기 시집에서는 식민지 지식인의 허탈함과 무력함을 담은 고통스러운 현실을 노래했다. 해방 이후에는 전통을 계승하고 민족 정서를 탐구하고자 하며 새로운 시도를 했다.

동인지 《시학》을 주간하였으며, 출간한 시집으로는 첫 시집 『대지』(1937)를 비롯해 『만가』(1938) 『동물시집』(1939) 『빙화』(1940) 『살어리』(1948) 등이 있고, 시론집으로 『시와 진실』(1948)이 있다.

윤동주

尹東柱. 1917~1945. 일제강점기의 저항(항일) 시인이자 독립운동가다. 아명은 해환(海煥). 만주 북간도의 명동촌에서 태어났으며, 기독교인인 할아버지의 영향을 받았다. 1931년(14세)에 명동소학교를 졸업하고, 한때 중국인 관립학교인 대랍자(大拉子)소학교를 다니다 가족이 용정으로 이사하자 용정에 있는 은진중학교에 입학했다.

1935년에 평양의 숭실중학교로 전학하였으나, 학교에 신사참배 문제가 발생하여 폐쇄당하고 말았다. 다시 용정에 있는 광명학원의 중학부로 편입하여 거기서 졸업했다. 1941년에는 서울의 연희전문학교 문과를 졸업하고, 일본으로 건너가 도쿄에 있는 릿쿄 대학 영문과에 입학했다가, 다시 1942년, 도시샤 대학 영문과로 옮겼다. 1943년 7월 학업 도중 귀향하려던 시점에 항일운동을 했다는 혐의로 일본 경찰에 체포되어 2년 형을 선고받고 후쿠오카 형무소에서 복역했다. 그러나 복역 중 건강이 악화되어 1945년 2월에 생을 마감하고 말았다. 유해는 그의 고향 용정에 묻혔다. 한편, 그의 죽음에 관해서는 옥중에서 정체를 알 수 없는 주사를 정기적으로 맞은 결과이며, 이는 일제의 생체실험의 일환이었다는 주장도 제기되고 있다.

15세부터 시를 쓰기 시작하여 첫 작품으로 「삶과 죽음」 「초한대」를 썼다. 발표 작품으로는 만주 연길에서 발간된 잡지 《가톨릭 소년》에 실린 동시 「병아리」「빗자루」「오줌싸개 지도」「무얼 먹구사나」「거짓부리」 등이 있다. 연희전문학교 시절 작품으로는 《조선일보》에 발표한 산문 「달을 쏘다」, 교지 《문우》에 게재된 「자화상」「새로운 길」이 있다. 그의 유작인 「쉽게 쓰여진 시」는 사후인 1946년 《경향신문》에 게재되기도 했다.

윤동주의 대표작으로는 「서시」「별 헤는 밤」「자화상」 등이 있으며, 그 중에서도 「서시」는 그의 철학적이고 민족적 고뇌를 잘 나타낸 작품으로, 현재까지도 많은 사람들이 기억하는 명작으로 꼽힌다. 이 시는 자기 자신을 고백하는 형식으로 시작되며, 일제의 압박 속에서 자아를 찾고자 하는 고독한 내면의 목소리를 담고 있다.

윤동주의 절정기에 쓰인 작품들을 1941년 연희전문학교를 졸업하던 해에 '하늘과 바람과 별과 시'라는 제목으로 발간하려 하였으나 뜻을 이루지 못했다. 그의 자필 유작 3부와 다른 작품들을 모아 친구 정병욱과 동생 윤일주가, 사후에 그의 뜻대로 1948년, 『하늘과 바람과 별과 시』라는 제목으로 출간했다. 29년의 짧은 생애를 살았지만 특유의 감수성과 삶에 대한 고뇌, 독립에 대한 소망이 서려 있는 작품들로 인해 대한민국 문학사에 길이 남은 전설적인 문인이다. 2017년 12월 30일, 탄생 100주년을 맞이했다.

 　　　　　　　　　　　　　　　3월의 화가와 시인 이야기

이상화

李相和. 1901~1943. 시인. 경상북도 대구에서 태어났다. 7세에 아버지를 잃고, 14세까지 가정 사숙에서 큰아버지 이일우의 훈도를 받으며 수학하였다. 18세에 경성중앙학교(지금의 중앙 중·고등학교) 3년을 수료하고 강원도 금강산 일대를 방랑하였다. 1917년 대구에서 현진건·백기만·이상백과 《거화(炬火)》를 프린트판으로 내면서 시

작 활동을 시작하였다. 21세에는 현진건의 소개로 박종화를 만나 홍사용·나도향·박영희 등과 함께 '백조(白潮)' 동인이 되어 본격적인 문단 활동을 시작하였다.

그의 후기 작품 경향은 철저한 회의와 좌절의 경향을 보여주는데 그 대표적 작품으로는 「역천(逆天)」 「서러운 해조」 등이 있다. 문학사적으로 평가하면, 어떤 외부적 금제로도 억누를 수 없는 개인의 존엄성과 자연적 충동(情)의 가치를 역설한 이광수의 논리의 연장선상에 놓여 있는 '백조파' 동인의 한 사람이다. 동시에 그 한계를 뛰어넘은 시인으로, 방자한 낭만과 미숙성과 사회개혁과 일제에 대한 저항과 우월감에 가득한 계몽주의와 로맨틱한 혁명사상을 노래하고, 쓰고, 외쳤던 문학사적 의의를 보여주고 있다.

이장희

李章熙. 1900~1929. 일제강점기의 시인이다. 본명은 이양희(李樑熙), 아호는 고월(古月). 1900년 경상북도 대구에서 태어났다. 대구보통학교와 일본 교토중학교를 졸업했다. 1920년에 이장희(李樟熙)로 개명하였으나 필명으로 장희(章熙)를 사용한 것이 본명처럼 되었다. 문단의 교우 관계는 양주

동·유엽·김영진·오상순·백기만·이상화 등 극히 제한되어 있었다. 이장희의 아버지는 조선총독부 중추원의 참의로서 일본인들과의 교류가 활발했다. 이장희에게 통역을 맡기려고 하거나 총독부 관리로 취직하라고 권유했지만 이장희는 그 말들을 한 번도 따르지 않고 모두 거부했다. 이후 이장희의 아버지도 이장희를 버린 자식으로 취급했으며, 이장희는 매우 가난하게 살았다. 세속적인 것을 싫어하여 고독하게 살다가 1929년 11월 대구 자택에서 음독자살했다.

1924년 《금성》 3월호에 「실바람 지나간 뒤」 「새 한 마리」 「불놀이」 「무대」 「봄은 고양이로다」 등 5편의 시와 톨스토이 원작의 번역소설 『장구한 귀양』을 발표하면서 등단했다. 이후 《신민》 《생장》 《여명》 《신여성》 《조선문단》 등 잡지에 「동경」 「석양구」 「청천의 유방」 「하일소경」 「봄철의 바다」 등 30여 편의 작품을 발표했다. 요절하였기에 생전에 출간된 시집은 없으며, 이장희의 사후인 1951년에 백기만이 6·25 한국전

쟁 중 청구출판사에서 펴낸『상화와 고월』에 시 11편만 실려 전해지다가 제해만 편『이장희전집』(1982)과 김재홍 편『이장희전집평전』(1983) 등 두 권의 전집에 유작이 모두 실렸다.

이장희의 전 시편에 나타난 시적 특색은 섬세한 감각과 시각적 이미지, 그리고 계절의 변화에 따른 시적 소재의 선택에 있다. 대표작「봄은 고양이로다」는 다분히 보들레르와 같은 발상법을 바탕으로 하고 있는데 '고양이'라는 한 사물이 예리한 감각으로 조형되어 생생한 감각미를 보인다. 이 시는 작자의 순수지각(純粹知覺)에서 포착된 대상인 고양이를 통해서 봄이 주는 감각을 집약적으로 표현하고 있다. 1920년대 초반의 시단은 퇴폐주의·낭만주의·자연주의·상징주의 등 서구 문예사조에 온통 휩싸여 퇴폐성이나 감상성이 지나치게 노출되어 있었음에도 불구하고, 이장희의 시는 섬세한 감각과 이미지의 조형성을 보여주고 있다. 바로 뒤를 이어 활동한 정지용과 함께 한국시사에서 새로운 시적 경지를 개척했다.

이해문

李海文. 1911~1950. 일제강점기 한국 문단에서 활동한 시인이자 문학인이다. 충청남도 예산에서 태어나, 경제적 이유로 초등학교를 중퇴한 뒤 독학으로 한학과 중등 학문을 공부했다. 이후 공무원 시험에 합격해 면사무소에서 근무하면서도 시를 창작했으며, 아호로고산(孤山)과 금오산인(金烏山人)을 사용하기도 했다.

1930년 전후로 본명 외 필명으로 다수의 시 작품을 발표하기 시작했으며, 1937년에는 동인지 《시인춘추(詩人春秋)》, 1938년에는 《맥(麥)》 등의 동인으로 활동하기도 했다. 1939년에는 시집 『바다의 묘망(渺茫)』을 출간했으며, "인생이 예술을 낳는다"고 밝힌 바와 같이, 일상 속 감정의 자연스러운 흐름과 낭만적 정서를 시적 특색으로 드러냈다. 그의 시는 감상과 낭만성을 바탕으로 한 서정적 표현을 통해 한국 근대시의 한 축을 보여준다.

1950년 6·25전쟁 발발 직후, 이해문은 예산군 관내 면사무소 근무 중 인민군에 의해 부르주아와 반동 인물로 몰려 총살되었다고 전해지며, 비교적 이른 나이에 생을 마감했다.

이해문의 문학적 성취는 일상적 삶의 감정과 낭만적 정서를 섬세하게 포착한 시 세계에 있으며, 일제강점기 한국 시단에서 지역적 기반과 독학으로 쌓아 올린 서정성을 보여준 작가로 평가된다.

정지용

鄭芝溶. 1902~1950. 대한민국의 대표적 서정 시인이다. 충청북도 옥천군에서 태어났다. 연못의 용이 하늘로 올라가는 태몽을 꾸었다고 하여 아명은 지룡(池龍)이라고 했다. 당시 풍습에 따라 열두 살에 송재숙과 결혼했으며, 1914년 아버지의 영향으로 로마 가톨릭에 입문하여 '방지거(方濟各, 프란치스코)'라는 세례명을 받았다. 옥천공립보통학교와 휘문고등보

통학교를 졸업했고, 일본의 도시샤대학에서 영문학을 공부했다. 1926년 《학조》 창간호에 「카페·프란스」를 발표하면서 등단했다.

정지용은 섬세하고 독특한 언어를 구사하며, 생생하고 선명한 대상 묘사에 특유의 빛을 발하는 시인이다. 한국현대시의 신경지를 열었다는 평가를 받고 있으며, 이상을 비롯하여 조지훈·박복월 등과 같은 청록파 시인들에게 영향을 주었다. 그는 휘문고보 재학 시절 《서광》 창간호에 소설 「삼인」을 발표하였으며, 일본 유학시절에는 대표작이 된 「향수」를 썼다. 1930년에 시문학 동인으로 본격적인 문단 활동을 했고, 구인회를 결성하고, 문장지의 추천위원으로도 활동했다. 해방 이후 《경향신문》의 주간으로 일하며 대학에도 출강했는데, 이화여대에서는 라틴어와 한국어를, 서울대에서는 시경을 강의했다.

1950년 한국전쟁이 일어난 뒤에는 김기림·박영희 등과 함께 서대문형
무소에 수용되었고, 이후 납북되었다가 사망했다. 사망 장소와 시기는
정확히 확인되지 않았는데, 1953년 평양에서 사망했다고 알려져 있다.
정지용은 서정적이고 감각적인 표현, 자연과 인간의 관계, 민족적 정
서와 고전적 미학을 현대적 감각으로 풀어낸 시인으로, 한국 현대 시의
큰 기초를 닦았으며, 그의 문학적 특징은 오늘날까지 많은 이에게 영향
을 미쳤다. 정지용의 시에서 가장 중요한 주제 중 하나는 자연과 인간
을 하나로 엮는 것이다. 그는 자연과 인간의 융합을 통해 삶의 의미와
본질을 풀어냈으며, 자연의 변화를 통해 인간의 삶에 대한 성찰과 깨달
음을 표현하려 했다. 특히 그의 대표작 「향수」에서는 자연과 인간의 감
정이 유기적으로 결합되어 하나의 독특한 시적 세계를 만들어냈다.
주요 저서로는 『정지용 시집』(1935) 『백록담』(1941) 『지용문학독본』
(1948) 『산문』(1949) 등이 있다. 정지용의 고향 충북 옥천에서는 매년 5
월에 지용제를 개최하고 있으며, 1989년부터는 시와 시학사에서 정지
용문학상을 제정하여 매년 시상하고 있다.

  3월의 화가와 시인 이야기

허민

許民. 1914~1943. 일제강점기의 시인이자 소설가다. 1914년 경남 사천에서 태어났다. 본명은 허종(許宗)이고, 허민은 필명이다. 이 외에도 허창호(許昌瑚), 일지(一枝), 곡천(谷泉) 등의 필명을 썼고, 법명으로 야천(野泉)이 있다. 측량기사였던 아버지가 허민 생후 삼 일째 되는 날 요절한 이후 어머니와 외조부의 슬하에서 자랐다.

1936년 12월《매일신보》현상 공모에 단편소설「구룡산(九龍山)」이 당선되어 등단하였다. 시인 유엽 추천으로 1940년에 시「야산로(夜山路)」를《문장(文章)》에 발표하였고, 1941년에는 이태준의 추천으로 단편「어산금(魚山琴)」을 같은 잡지에 발표하였다. 1941년 시「해수도(海水圖)」를《만선일보》에 발표하였다.

허민의 시는 자유시를 중심으로 시조, 민요시, 동요, 노랫말에다 성가, 합창극에까지 이르는 다양한 갈래에 걸쳐 있다. 시의 제재는 산·마을·바다·강·호롱불·주막·물귀신·산신령 등 자연과 민속에 속하며, 주제는 막연한 소년기 정서에서부터 농촌을 중심으로 민족 현실에 대한 다채로운 깨달음과 질병(폐결핵)에 맞서 싸우는 한 개인의 실존적 고독 등을 표현하고 있다.

그의 대표적인 시「율화촌(栗花村)」은 단순한 복고취미로서의 자연 애호에서 벗어나 인정이 어우러진 안온한 농촌공동체를 형상화함으로써 시적 비전을 제시하고자 하였다. 이 외에도 소설 작품으로「사장(射場)」「석이(石茸)」가 있다. 아울러 동화로「박과 호박」이 있고, 수필로「단풍(丹楓)」이 있으며, 평론「나의 영록기(迎綠記)」가 있다.

에밀리 디킨슨

Emily Dickinson. 1830~1886. 19세기 미국 문학을 대표하는 시인이자, 가장 급진적인 내면의 언어를 구축한 시인이다. 본명은 에밀리 엘리자베스 디킨슨(Emily Elizabeth Dickinson)으로, 1830년 12월 10일 미국 매사추세츠주 애머스트에서 태어났다. 엄격한 청교도적 분위기의 가정에서 성장했으며, 젊은 시절 마운트 홀리오크 여성 신학교에 잠시 재학했으나 곧 학업을 중단하고 고향으로 돌아왔다. 이후 그는 사회적 활동을 거의 하지 않은 채 평생을 애머스트의 집에 머물며 은둔에 가까운 삶을 살았다.

디킨슨은 생전 약 1,800편에 달하는 시를 썼지만, 그중 극히 일부만이 익명으로 출판되었고 대부분의 작품은 사후에 발견되었다. 그녀의 시는 전통적인 운율과 찬송가 형식을 차용하면서도, 대시(dash)와 파편적인 문장, 파격적인 대문자 사용을 통해 기존 시 문법을 해체했다. 죽음, 사랑, 신, 고독, 자연과 같은 주제를 집요하게 탐구하며, 거대한 세계를 일상의 미세한 감각과 내면의 사유 속에서 포착해냈다. 또한 명료하면서도 모호한 언어로 존재와 인식의 경계를 탐색한다.

에밀리 디킨슨의 시는 감정을 과시하지 않으면서도 깊은 철학적 긴장을 내포하고 있으며, 침묵과 절제 속에서 언어의 가능성을 확장한 독창적인 시 세계로 평가된다. 그녀는 1886년 5월 15일, 애머스트에서 신장 질환으로 사망하였다.

가가노 지요니

加賀千代尼. 1703~1775. 에도 시대의 여성 하이쿠 시인이다. 원래 이름은 '지요조(千代女)'이나 불교에 귀의했기 때문에 '지요니'라고 불린다. 어린 시절부터 문학에 재능을 보였고 12세부터 하이쿠를 배우기 시작했다. 17세에는 마쓰오 바쇼의 제자인 가카미 시코가 어린 지요니의 재능을 발견하고 문단에 소개함으로써 이름이 알려졌다.

나팔꽃 하이쿠로 친숙한데, 아침에 우물 두레박에 나팔꽃 덩굴이 얽혀 있어, 이를 해치지 않기 위해 이웃에게 물을 빌렸다는 내용을 담고 있다. 이 시는 자연에 대한 섬세한 관찰과 배려를 잘 나타내고 있다. 지요니가 자주 다룬 나팔꽃은 일본에서 여름을 대표하는 꽃 중 하나로, 아침에 피고 하루가 지나면 시드는 특성 덕분에 하이쿠에서 인생의 덧없음이나 무상함을 표현하는 데 적합한 소재로 여겨졌다.

또한 불교적 사상과 일상의 소박함을 담은 시를 주로 썼다. 지요니는 52세에 출가하여 법명을 소엔(素園)으로 하였으며, 이후에도 활발한 창작 활동을 이어갔다. 1763년에는 조선 통신사에게 자신의 하이쿠를 담은 족자와 부채를 헌정하는 등 국제적인 문화 교류에도 기여했다. 1775년, "달도 보며 나는 이 세상을 아프게 느낀다(月も見て 我はこの世をかしく哉)"라는 시를 유언으로 남기며 73세에 세상을 떠났다.

지요니의 생애와 작품은 현재까지도 많은 이들의 사랑을 받고 있으며, 지요니의 고향인 하쿠산시에는 그녀의 업적을 기리는 전시관이 설립되었고, 나팔꽃을 시화(市花)로 지정하여 매년 축제를 열고 있다.

마사오카 시키

正岡子規. 1867~1902. 일본 메이지 시대의 시인이자 일본어학 연구가다. 하이쿠, 단카, 신체시, 소설, 평론, 수필을 위시해 많은 저작을 남겼다. 니혼신문 기자로 활동하며 '시키'라는 필명으로 하이쿠를 쓰기 시작했고, 1890년대부터 하이쿠와 단카 개혁운동을 주도하며 일본 문학사에 큰 영향을 끼쳤다. 메이지 시대를 대표할 정도로 전형이 될 만한 특징이 있는 문학가 중 한 명이다.

그는 1894년 청일전쟁에 종군기자로 참전하였으나 귀국 도중 병세가 악화되어 결핵 판정을 받았고, 이후 투병생활을 하며 고향과 도쿄를 오갔다. 병상에서도 하이쿠 잡지인 《호토토기스》를 창간하고, 요사 부손을 연구하고, 네기시 단가 모임을 주도하는 등 왕성한 문예활동을 이어갔다. 나쓰메 소세키와도 교류하며 문단에 큰 영향을 준 인물이다.

병상에서 마사오카는 『병상육척(病牀六尺)』을 남기고, 1902년 결핵으로 34세의 젊은 나이에 사망한다. 『병상육척』은 결핵으로 투병하면서도 어떤 감상이나 어두운 그림자 없이 죽음에 임한 마사오카 시키 자신의 몸과 정신을 객관적으로 사생한 뛰어난 인생기록으로 평가받으며 현재까지 사랑받고 있으며, 같은 시기에 병상에서 쓴 일기인 『앙와만록(仰臥漫録)』의 원본은 현재 효고 현 아시야 시의 교시 기념 문학관(虚子記念文学館)에 수장되어 있다.

마쓰세 세이세이

松瀬青々. 1869~1937. 메이지·다이쇼 시기를 대표하는 일본의 하이쿠 시인이자, 근대 하이쿠의 정서적 지평을 확장한 인물이다. 본명은 마쓰세 야스지로(松瀬安次郎)로, 1869년 일본 에히메현에서 태어났다. 젊은 시절 정규 문학 교육을 받기보다는 독학으로 시 세계를 형성했으며, 마사오카 시키(正岡子規)의 영향을 받아 하이쿠 혁신 운동에 공감하며 문단에 등장했다.

세이세이는 전통적인 하이쿠 형식을 유지하면서도, 자연의 외형 묘사에 그치지 않고 시인의 내면 정서와 삶의 감각을 섬세하게 투영하는 데 주력했다. 그의 하이쿠에는 계절감이 분명하게 드러나지만, 그것은 풍경의 재현이 아니라 인간의 감정과 고독, 시간의 흐름을 담아내는 매개로 기능한다. 간결한 언어 속에 잔잔한 서정과 사유를 응축하는 방식은, 근대적 자아 의식이 하이쿠 안으로 스며드는 과정을 보여준다.

마쓰세 세이세이는 생애 동안 잡지 활동과 동인 모임을 통해 꾸준히 작품을 발표하며 하이쿠의 표현 가능성을 넓혔고, 자연과 인간의 관계를 차분하게 응시하는 시 세계를 구축했다. 그의 시는 격렬한 실험보다는 절제와 균형 속에서 깊이를 만들어내며, 근대 일본 하이쿠가 전통과 개인적 감수성 사이에서 나아간 한 방향을 잘 보여주는 사례로 평가된다. 그는 1937년 일본에서 생을 마쳤다.

타네다 산토카

種田山頭火. 1882~1940. 쇼와(昭和) 시대의 방랑시인이다. 1882년 호후시에서 태어났다. 잡지 〈소운(層雲)〉의 경영자였던 오기와라 세이센스이(荻原井泉水)의 문하생이었으며, 1925년 구마모토시에 있는 절에 출가해 득도하였고, 코호(耕畝)라는 이름으로 개명했다. 산토카는 배호(하이쿠 시인의 필명)이며 본명은 타네다 쇼이치(種田 正一)다. 겉으로는 무전걸식하는 탁발승이었지만, 어쩔 수 없는 한량이며 술고래에다 툭하면 기생집을 찾는 등 소란을 피우며 문필가 친구들에게 누를 끼쳤다. 그래도 인간적인 매력이 많아 사람들에게 사랑을 받았다. 산토카를 모델로 한 만화 〈흐르는 강물처럼〉의 실제 주인공이다.

산토카는 정형화된 5-7-5형식의 하이쿠(俳句)에 자유율을 도입한 일본의 천재시인이다. 그의 하이쿠는 방랑하는 삶 속에서 자연과 인간 존재를 깊이 성찰한 작품들이 많으며, 간결하지만 강한 여운을 남기는 것이 특징이다. 그의 평생소원은 '진정한 나의 시를 창조하는 것'과 '누구에게도 폐를 끼치지 않고 죽는 것'이었다. 그리고 하이쿠 하나만을 쓰는 데 삶을 바쳤다.

Pont d'Argenteuil 1885

열두 개의 달 시화집 플러스 三月

포근한 봄 졸음이 떠돌아라

초판 1쇄 인쇄 2026년 2월 20일
초판 1쇄 발행 2026년 3월 1일

시인 윤동주 외 17명
화가 귀스타브 카유보트
발행인 정수동
편집주간 이남경
편집 김유진
표지 디자인 Yozoh Studio Mongsangso

발행처 저녁달
출판등록 2017년 1월 17일 제406-2017-000009호
주소 경기도 파주시 문발로 203, 203호
전화 02-599-0625
팩스 02-6442-4625
이메일 book@mongsangso.com
인스타그램 @eveningmoon_book
ISBN 979-11-89217-97-6   04800
세트 ISBN 979-11-89217-46-4   04800